Matthew Gollub ◆ **ilustraciones de Leovigildo Martínez**

LOS VEINTICINCO GATOS MIXTECOS

Traducido por Dr. Martín Luis Guzmán

TORTUGA PRESS

Text copyright © 1993 by Matthew Gollub
Illustrations copyright © 1993 by Leovigildo Martínez Torres
Spanish language translation copyright © 1997 by Tortuga Press
Title of the original English edition: The Twenty-five Mixtec Cats, Matthew Gollub,
pictures by Leovigildo Martínez, published by Tambourine Books, a division of
William Morrow & Co., Inc.

Library of Congress Catalog Card Number: 96-61522

Publisher's Cataloging in Publication
(Prepared by Quality Books Inc.)

Gollub, Matthew.
    [Twenty-five Mixtec Cats. Spanish.]
    Los veinticinco gatos mixtecos / Matthew Gollub ; ilustraciones
de Leovigildo Martínez ; traducido por Martín Luis Guzmán.
    — 1st Spanish ed.
    p. cm.
    SUMMARY: The inhabitants of a mountain village are suspicious of the
the twenty-five cats who come to live with their healer, until the cats are
able to help lift a curse placed on the butcher.
    ISBN: 1-889910-00-7 (hc)
    ISBN: 1-889910-01-5 (pb)
    1.Cats—Juvenile fiction. 2. Magic—Juvenile fiction.
    3. Mexico—Juvenile fiction.   I. Martínez, Leovigildo, ill. II. Title.
    PZ7.G583Ve 1997   [E]   QBI96-21147

Para Ian y Tully   M.G.
Para el pueblo de *la Mixteca*   L.M.

Con agradecimiento a nuestro amigo, Patrick Dickson.
También nuestra gratitud para la Dra. Isabel Schon y las siguientes
personas por sus valiosas contribuciones a este proyecto.
Pamela Clements, Lucía Ortiz, Kalane Wong, Lorraine Gollub,
Salvador Prado y Rosy Cabrera de Zambrano.

Había una vez un curandero que vivía solo, en un pueblito situado en lo alto de las montañas. Nadie había visto gatos en este pueblo. Ni un sólo gato vivía ahí, pues hacía calor durante el día, frío en la noche y muchísimo polvo todo el tiempo. No era un lugar muy cómodo para los gatos —ni para nadie más.

El trabajo del curandero consistía en cuidar de los enfermos. Él frotaba y esparcía hierbas perfumadas sobre las cabezas de las pacientes para expulsar las enfermedades.

La gente del pueblito dependía mucho del curandero y lo buscaba a cada rato. Pero, como el curandero consideraba que ayudar era su deber, jamás les pedía dinero. Sus pacientes le pagaban con frijol o maíz, o con un poquito de cambio que casi nunca era suficiente.

Un día, el curandero fué al mercado mixteco y ahí una mujer le ofreció regarlarle veinticinco gatitos. Como el curandero siempre andaba escaso de dinero, y como nadie en su pueblo había tenido un gato, se los llevó en una funda para venderlos de puerta en puerta.

"¿Cómo vamos a poder mantener a un gato?", se burlaban sus vecinos. "Aquí hace mucho calor y mucho frío, aparte de tanto polvo. Además no tenemos comida para los gatos. Bastante difícil nos resulta alimentar a nuestros hijos."

El curandero no tuvo corazón de abandonar a los gatitos a su suerte, así que se los llevó a su casa para criarlos él mismo. Los alimentó con migajas de pan, pedacitos de tortilla o con lo que encontraba. A cambio, los gatitos se convirtieron en sus compañeros más leales.

Pero los vecinos no estaban tan contentos como el curandero. Nadie en el pueblo sabía mucho sobre gatos, por lo que la gente se imaginaba toda clase de fantasías.

"¡Se comerán toda mi harina!", se lamentó el panadero. "¿Y cómo le voy a hacer para hornear mi pan?"

"Los gatos no comen harina", dijo la carnicera. "Comen ratones, ¡pero también vacas!"

"Y para calentarse de noche", exclamaron los vendedores de sombreros y flores, "¡van a quemar nuestros campos!"

Los vecinos se dirigieron a la casa del curandero y golpearon a su puerta. "Tienes que deshacerte de esos cochinos gatitos", sentenció la carnicera. "Ya hemos oído cuánto maullan. Y sólo es cuestión de tiempo para que se acaben nuestra comida."

El curandero sabía que era importante llevarse bién con sus vecinos, y les prometió: "Los gatitos se quedarán a mi lado. No les causarán ningún problema."

Pronto el curandero fue conocido por sus ayudantes: los veinticinco gatos mixtecos. Los gatitos, que estaban creciendo, aprendieron a ayudarlo a frotar y a esparcir las hierbas. Pero, aún así, los vecinos continuaron con sus chismes.

"¿Has visto que grandes se están poniendo esos gatos?"

"¡A este paso, pronto estarán del tamaño de un *burro*!"

"¡Los gatos son malvados!", sentenció la carnicera. "¡Por eso tenemos que ir con la malvada curandera!"

La malvada curandera vivía en las afueras del pueblito. Vivía sola y su alma como antes le pasaba al curandero bueno, pero ella se dedicaba a un trabajo muy diferente. El negocio de la curandera era echar el mal de ojo y otros hechizos.

Cuando los vecinos le pagaron para deshacerse de los gatos, ella revisó su colección de artefactos mágicos: hierbas venenosas, el pico de un tucán y hasta el esqueleto de una víbora de cascabel. "No", reconsideró. "Mejor voy a mandar a mis mensajeros. Así nadie sabrá que yo soy la responsable."

Esa noche, ella voló por el bosque embrujado en busca de sus coyotes. Les señaló la casa donde vivía el curandero, y la manada corrió hacia allí como si en un trance.

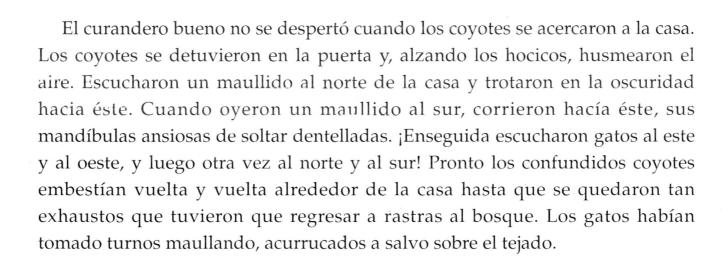

El curandero bueno no se despertó cuando los coyotes se acercaron a la casa. Los coyotes se detuvieron en la puerta y, alzando los hocicos, husmearon el aire. Escucharon un maullido al norte de la casa y trotaron en la oscuridad hacia éste. Cuando oyeron un maullido al sur, corrieron hacía éste, sus mandíbulas ansiosas de soltar dentelladas. ¡Enseguida escucharon gatos al este y al oeste, y luego otra vez al norte y al sur! Pronto los confundidos coyotes embestían vuelta y vuelta alrededor de la casa hasta que se quedaron tan exhaustos que tuvieron que regresar a rastras al bosque. Los gatos habían tomado turnos maullando, acurrucados a salvo sobre el tejado.

A la mañana siguiente, cuando los gatos acompañaron al curandero a su milpa, los vecinos no podían creer lo que veían sus ojos.

La carnicera dirigió a los vecinos otra vez a casa de la malvada curandera. "Devuélvenos nuestro dinero", demandó ella.

La malvada curandera torció la cabeza. "¿Que tontería es ésta?"

"No eres otra cosa que una falsa", dijo la carnicera. "¡No puedes ni deshacerte de veinticinco gatos! Tu no tienes ningunos poderes especiales."

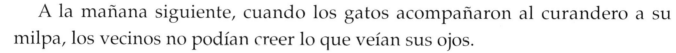

La malvada curandera señaló indignada con sus retorcidos dedos, y miró con fuego a los ojos de la carnicera.

"¡Vamos a ver quién no tiene poderes especiales!", amenazó.

Al día siguiente, la carnicera cayó enferma. El dolor empezó con un malestar en el estómago. Luego sintió escalofríos. Se sentía tan mareada que las carnes en su puesto parecían girar frente a sus ojos. Tuvo que cerrar el puesto e irse a recostar a su casa, y ya no pudo levantarse el resto del día.

Pasaron dos días y no se aliviaba. La calentura no cedía, y empezó a demacrarse. Los vecinos sabían que, si no buscaban ayuda, la carnicera no podría curarse. Fueron entonces a la casa del curandero bueno y le contaron la enfermedad de la carnicera.

"Es difícil", dijo él, "curar a alguien de un hechizo. Pero es mi deber intentarlo."

El curandero llegó a la casa de la carnicera con sus veinticinco gatos. Preparó el agua sagrada, el romero y la ruda, mientras los gatos barrían la vivienda. Roció las hierbas con el agua sagrada y empezó a frotarlas y esparcirlas. Él y los gatos repitieron el proceso, pero la carnicera nada más gemía.

"Gatos", les dijo el curandero, "mis poderes solos no son suficientes. Todos hagan lo mismo que yo para librar a la carnicera del hechizo."

El curandero colocó a los gatos en posición. A su señal, él y los gatos inhalaron. Aspiraron con tanta fuerza que hasta el pelo de la carnicera se estremeció. ¡Mientras contenían el aliento en sus bocas, la carnicera empezó a curarse! ¡El color le regresó a su demacrada cara, y el dolor en su estómago cedió!

"¡Bravo!", gritaron los vecinos.

Luego observaron la cara del curandero. Él ya no podía exhalar. ¡El hechizo que había abandonado a la carnicera ahora se le metió a él! Los gatos, ya que eran más pequeños, podían escupir el maleficio y respirar. Pero las mejillas del curandero rapidamente se le pusieron moradas. ¿Quién curaría al curandero?

La carnicera se levantó para dejar que el curandero se recostara. Los indefensos vecinos veían como el pelo del curandero se ponía gris y flácido.

De pronto, un gato saltó por la ventana y, en un cerrar y abrir de ojos, corrió a la casa de la malvada curandera. Agarró la máscara que tenía sobre la mesa y se desapareció por la puerta antes de que ella pudiera gritar.

Arrastró la máscara de barro a la casa de la carnicera. Los otros gatos lo ayudaron a subirla al tejado. Entonces, dejaron caer la máscara por la orilla y contemplaron como se estrellaba en el suelo.

En ese mismo instante el curandero, tendido sobre el petate, dejó escapar una tremenda bocanada de aire. Su aliento, cuál ráfaga de viento, se azotó por las cuatro paredes de la vivienda y salió por la ventana.

Los vecinos lanzaron vivas con gran alivio. Los gatos no sólo habían ayudado a la carnicera, sino que también habían salvado al curandero bueno.

La carnicera, la vendedora de flores, el tejedor de sombreros y el panadero así aceptaron a los gatos para siempre.

A medida que se sabían sus valientes hechos, los gatos mixtecos se convirtieron en los héroes del pueblito. Hasta hoy en día, la carnicera les da pedacitos de carne, el panadero los alimenta con pan, y los gatos mixtecos juegan al lado del curandero y se encargan de que su casa esté muy limpia.

Leovigildo Victor Martínez Torres proviene de Oaxaca, estado localizado en el Sur de México y renombrado por la riqueza de su caudal artístico. La poco frecuente combinación de diecisiete grupos indígenas en Oaxaca ha resultado en un sorprendente conjunto de arte, folclore y artesanías. Las fiestas, las costumbres populares y hasta los tejidos de la región encuentran expresión en las pinturas del señor Martínez, contribuyendo a un género que él mismo describe como "figurativismo mágico."

Todos los días, Martínez se encuentra feliz pintando en su estudio. "Lo único que requiero para vivir", reflexiona, "son el agua que bebo y pintar. O, pensándolo mejor", añade, "lo único que requiero es pintar".

Matthew Gollub vive en Santa Rosa, California. Pero, a partir de su amistad con el Sr. Martínez, él también se ha fascinado con la vida de los pueblos oaxaqueños, donde aún hoy en día los curanderos desempeñan un papel importante. Los olores de las velas, el incienso, el romero y la ruda se encuentran entre sus recuerdos más entrañables producto de la investigación de este libro. El Sr. Gollub también ha vivido en el extranjero y trabajado como traductor, locutor y miembro ejecutante en una compañía japonesa de tamborileros. Hasta la fecha, todos los días toca diversos tambores, mientras considera la dirección que sus cuentos habrán de tomar.

Las ilustraciones de este libro son acuarelas realizadas sobre papel con textura. Después de la publicación en inglés de este libro, la obra plástica y el texto se exhibieron en El Instituto de Arte de Chicago, y en numerosos museos a lo largo de los Estados Unidos. Otros títulos admirables de Matthew Gollub y Leovigildo Martínez incluyen:

The Moon Was at a Fiesta

Uncle Snake